D1413112

UN MOT AUX PARENTS

Lorsque votre enfant est prêt à aborder le domaine de la lecture, le choix des livres est aussi important que le choix des aliments que vous lui préparez tous les jours.

La série **JE SAIS LIRE** comporte des histoires à la fois captivantes et instructives, agrémentées de nombreuses illustrations en couleurs, rendant ainsi l'apprentissage de la lecture plus agréable, plus amusant et plus en mesure d'éveiller l'intérêt de l'enfant. Un point à retenir: les livres de cette collection offrent *trois niveaux* de lecture, de façon que l'enfant puisse progresser à son propre rythme.

Le **NIVEAU 1** (préscolaire à 1re année) utilise un vocabulaire extrêmement simple, à la portée des très jeunes. Le **NIVEAU 2** (1re - 3e année) comporte un texte un peu plus long et un peu plus difficile. Le **NIVEAU 3** (2e - 3e année) s'adresse à ceux qui ont acquis une certaine facilité à lire. Ces critères ne sont établis qu'à titre de guide, car certains enfants passent d'une étape à l'autre beaucoup plus rapidement que d'autres. En somme, notre seul objectif est d'aider l'enfant à s'initier progressivement au monde merveilleux de la lecture.

À tous les enfants qui m' ont fait peur à MOI

quand je les ai vus le soir de l' halloween.

Texte © 1981 Annabelle Prager
Illustrations © 1981 Tomie de Paola
Publié par Random House, Inc., New York.

Version française
© Les Éditions Héritage Inc. 1992
Tous droits réservés

Dépôts légaux: 3e trimestre 1992
Bibliothèque nationale du Québec
Bibliothèque nationale du Canada

ISBN: 2-7625-7317-3
Imprimé au Canada
LES ÉDITIONS HÉRITAGE INC.
300, rue Arran, Saint-Lambert (Québec)   J4R 1K5
(514) 875-0327

Une soirée d'Halloween terrifiante

Texte d'Annabelle Prager
Illustrations de Tomie de Paola

Texte français de
Lucie Duchesne

Niveau 2

Héritage
jeunesse

CHAPITRE UN

— Ouh! Ouh! Ouh! fait Jules.

— Pourquoi me demandes-tu où?

répond Albert.

— Je ne te demande pas où, dit Jules.

Je suis prêt à faire peur à tout le monde à

l'halloween.

— Et qu'est-ce que tu vas faire à

l'halloween? demande Albert.

— Je ne te l'ai pas dit? dit Jules.
J'ai organisé une soirée d'halloween
terrifiante dans mon nouvel
appartement. Tout le monde aura
la peur de sa vie.

— Qui ça, tout le monde? demande
Albert.

— Toi, Jeanne, Mathieu et Fanny,
ma cousine Suzanne et Thierry,
répond Jules.

— Il n'y a que les bébés qui ont peur
à l'halloween, dit Albert. Rien ne me
fera peur.

Ils s'arrêtent devant le nouvel immeuble où Jules habite.

— En quoi vas-tu te déguiser à l'halloween? demande Albert.

— Je ne peux pas te le dire, répond Jules. Personne ne doit révéler qui est sous le déguisement avant d'arriver à la fête. C'est bien plus terrifiant comme ça.

— Rien ne me fait peur, affirme Albert. Je reconnaîtrai tout le monde tout de suite.

— C'est ce que tu crois! lance Jules en s'avançant vers la porte.

CHAPITRE DEUX

Albert retourne chez lui et pense à son
déguisement d'halloween.

«Jules se pense très intelligent, se dit
Albert. Mais tout ce qu'il sait faire,
c'est Ouh! Ouh! Ouh!, et je
le reconnaîtrai tout de suite.»

Dring! Dring! Le téléphone sonne.

C'est Jeanne.

— Me prêterais-tu une vadrouille pour la fête d'halloween de Jules? demande Jeanne. J'ai une bonne idée de déguisement. Tu ne me reconnaîtras jamais.

— J'ai une bonne idée moi aussi, répond Albert. Mais je n'ai pas de vadrouille.

Albert raccroche.

«Je suis sûr que Jeanne va
se déguiser en sorcière,
se dit Albert. Et elle pense
que les sorcières volent
sur une vadrouille.
Quelle idiote!»

Dring! Dring! Le téléphone sonne de nouveau.

Cette fois, c'est Thierry.

— Sais-tu quoi? dit Thierry. Jules m'a invité à sa fête d'halloween, et je vais me déguiser en pirate!

— Tu ne dois pas révéler ton déguisement, dit Albert.

— Pourquoi? demande Thierry.

— Parce que, maintenant, je sais qui tu seras, répond Albert.

— Mais tu sais déjà qui je suis, dit Thierry.

— Oh, Thierry! fait Albert. Tu ne comprends jamais rien.

Et Albert raccroche.

Albert sort sa boîte de vieux déguisements.

«Je n'aime plus ces déguisements, se dit-il. Je les ai déjà portés.»

«Je sais: cette année, je vais porter la boîte! Je serai un robot. Personne ne saura que c'est moi. On verra bien qui aura peur à la fête d'halloween chez Jules.»

CHAPITRE TROIS

Le soir de l'halloween, Albert part chez
Jules. Il porte la boîte à l'envers. On peut
seulement voir ses bras et ses jambes.
Il s'est exercé à parler comme un robot.

— C'est à quel étage, la fête de Jules?
demande Albert au portier du nouvel
immeuble de Jules.

— Prends l'ascenseur jusqu'au
cinquième étage. C'est à
l'appartement 3, répond le portier.

Albert monte dans l'ascenseur. Une
princesse portant une couronne dorée et
des souliers à talons hauts y monte aussi.
Elle appuie sur le bouton numéro cinq.
«Ce doit être la cousine Suzanne de Jules»,
pense Albert.

— Tu ne fais pas très peur, dit Albert à la princesse.

— Non, je suis jolie, répond la princesse. Vas-tu à la fête d'halloween terrifiante au cinquième étage?

— Évidemment, fait Albert.

— Alors, accompagne-moi, dit la princesse. Comme ça, les fantômes ne m'attraperont pas.

— Voyons, dit Albert. Les fantômes n'existent pas.

L'ascenseur s'arrête au cinquième étage.

Un clown et un monstre courent dans le corridor.

— Suis-moi, dit la princesse.

Albert suit la princesse, qui tourne le coin.

Ils s'arrêtent devant une porte ouverte.

— Hé! avez-vous vu ce robot? dit
une sorcière. Qui ça peut bien être?
Albert est tout content.

«Je saurai bien qui ils sont, se dit-il,
mais ils ne sauront pas qui je suis!»

CHAPITRE QUATRE

C'est une fête vraiment terrifiante.

Seules trois chandelles dans

des petites citrouilles éclairent

la pièce. Albert cherche Jules. Est-il

ce hibou qui agite ses ailes? Ou bien

le revenant qui a un bas de nylon sur

la tête? Et quelle sorcière est Jeanne?

Celle qui a un balai ou celle qui a

un sac d'épicerie?

«J'ai trouvé, se dit Albert. La sorcière
au balai est Jeanne. Quelqu'un a dû lui
dire que les sorcières ne voyagent pas
sur des vadrouilles.» Il va voir
la sorcière et secoue son balai.

— Où est ta vadrouille? demande
Albert de sa voix de robot.

— Va-t'en, sinon je vais te manger!
répond la sorcière.

«Mais qu'est-ce qu'elle a, Jeanne?»
se demande Albert. Il va voir l'autre
sorcière.

— Gare à toi! lance-t-elle en sifflant.
Les terribles revenants ont lancé un
mauvais sort à tous les invités!

— MAIS NON! dit Albert.

— Tu verras... siffle la sorcière.

Albert cherche Thierry. Mais il n'y

a pas de pirate aux alentours.

Quelqu'un tape sur la boîte

d'Albert.

— C'est moi, dit la princesse.

J'ai peur.

— JE N'AI PAS PEUR! répond Albert.

Au même moment, le revenant

ordonne:

— À l'abordage! On va chercher

des bonbons à tous les étages!

«Cette voix autoritaire me rappelle

quelqu'un, se dit Albert. C'est Jules, et

il pense que je ne le reconnaîtrai pas.»

CHAPITRE CINQ

Tous les enfants grimpent
les escaliers avec le revenant et
le hibou, mais c'est difficile de courir
quand on est dans une boîte. Et
la princesse perd tout le temps ses
souliers à talons hauts.

Albert et la princesse doivent donc
sonner aux portes ensemble. Quand
ils arrivent au rez-de-chaussée, leurs
sacs sont pleins de bonbons.
Alors Albert et la princesse
remontent seuls les grands escaliers.

Des ombres noires les attendent à tous
les tournants. Au-dessus d'eux, une porte
claque: BANG!

— Ouh! Ouh! Ouh! fait une voix au loin.

— Au secours! Un revenant! crie
la princesse.

Elle se jette dans les bras d'Albert, et
il manque de tomber dans l'escalier.

— Ce n'est pas un revenant! C'est
Jules! s'écrie Albert. Maintenant,
je sais que Jules est le hibou. C'est
pour ça qu'il hulule sans arrêt!

— Ce n'est pas ça du tout, dit

la princesse. Tout le monde sait qui est

le hibou.

Albert se met à trembler. «Mais pourquoi

est-ce que je ne sais pas qui est qui?

se demande-t-il. Un sort A DÛ m'être

jeté!» La princesse se met à crier.

— C'est l'halloween, et tous

les revenants vont nous attraper!

Partons d'ici!

— Tu as raison! répond Albert.

CHAPITRE SIX

Quand Albert et la princesse
reviennent à la fête, Albert a le cœur
qui bat très fort: boum boum! boum
boum! Tout le monde attend dans
le noir.

— Retirez vos masques! dit

la voix du revenant autoritaire.

Je vais rallumer!

Albert se sent mieux.

Maintenant, il va voir ses amis.

Il cherche Jules. Le hibou tient son masque dans ses mains. Jules n'était donc pas le hibou. Le revenant retire le bas de nylon de sa tête. Ce n'est pas Jules non plus. Et qui sont les sorcières? Albert ne les connaît pas. En fait, il ne connaît personne à cette fête. Tout le monde le regarde. Son cœur s'emballe, ses genoux claquent.

— Ce sont vraiment des revenants, dit Albert.

— Les revenants ont changé mes amis

en étrangers!

CHAPITRE SEPT

Au même moment, on sonne à la porte.

— Ouh! Ouh! Ouh! fait une voix.

On veut des bonbons!

L'entrée est pleine d'enfants. Il y a

un pirate. Il y a un clown dont

les cheveux ressemblent à

une vadrouille et un fantôme avec

une lampe de poche qui clignote.

— Ouh! Ouh! Ouh! fait le fantôme.

Qui a peur de moi?

— Tiens, c'est Albert! crie le petit
pirate. Hé! Albert! Pourquoi n'es-tu pas
venu à la fête d'halloween de Jules?
Albert ne comprend plus rien.

— Mais je suis à la fête d'halloween
de Jules, dit-il, non?

— Non, tu es à ma fête d'halloween,
dit le revenant. Ici, c'est
l'appartement 2. Jules habite de l'autre
côté, à l'appartement 3.

— Alors il n'y a pas de revenants!
dit Albert. Je ne suis tout simplement
pas au bon endroit!

CHAPITRE HUIT

— Enfin, tu arrives à ma fête
d'halloween, dit le fantôme qui a
la voix autoritaire de Jules. Tout
le monde est venu. Il y a du maïs
soufflé, et j'ai organisé des jeux
terrifiants.

Et tous les enfants de la fête de l'appartement 2 se joignent à ceux de l'appartement 3 pour une immense fête d'halloween. Ils jouent aux jeux terrifiants de Jules, ils crient et ils hurlent à pleins poumons.

C'est le temps de partir.

— C'était une fête d'halloween superspéciale, même si j'ai eu bien peur! dit la princesse.

— Non, dit Jules. C'était une fête d'halloween superspéciale, parce qu'on a eu bien peur!

Et tout le monde est d'accord

— même Albert!